KB033288

열두 개의 달 시화집
四月.
산에는 꽃이 피네

열두 개의 달 시화집
四月.
산에는 꽃이 피네

윤동주 외 지음
파울 클레 그림

저녁달
고양이

사월

아니 잊고 오셨네 꾀꼬리여,

무슨 일로 녹사님은 옛날을 잊고 계신가.

_고려가요 '동동' 중 四月

차례

벚꽃잎이여
하늘도 흐려지게
흩날려 다오
늙음이 찾아오는
길 잃어버리게

桜花散り曇れ老いらくの
来むといふなる道まがふがに

아리와라노 나리히라

청양사

장정심

옛 정이 그립다고
절간을 찾아오니
불빛에 향기 쌓여
바람도 맑을시고
봄곡조 음을 맞혀
웃음 섞어 노래했소

끝없는 강물이 흐르네

내 마음의 어딘 듯 한 편에 끝없는
강물이 흐르네.
돋쳐 오르는 아침 날빛이 빤질한
은결을 돋우네.
가슴엔 듯 눈엔 듯 또 핏줄엔 듯

마음이 도른도른 숨어 있는 곳
내 마음의 어딘 듯 한 편에 끝없는
강물이 흐르네.

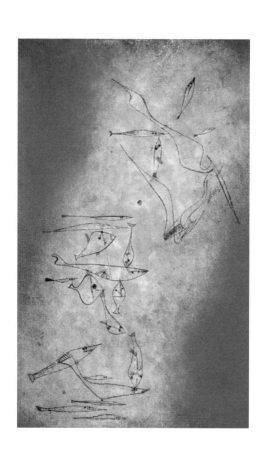

산유화

김소월

산에는 꽃 피네
꽃이 피네
갈 봄 여름 없이
꽃이 피네.

山에
山에
피는 꽃은
저만치 혼자서 피어 있네.

산에서 우는 작은 새여
꽃이 좋아
산에서
사노라네.

산에는 꽃이 지네

꽃이 지네
갈 봄 여름 없이
꽃이 지네.

사랑의 전당(殿堂)

순(順)아 너는 내 전(殿)에 언제 들어갔던 것이냐
내사 언제 네 전(殿)에 들어갔던 것이냐
우리들의 전당(殿堂)은
고풍(古風)한 풍습(風習)이 어린 사랑의 전당(殿堂)
순(順)아 암사슴처럼 수정(水晶)눈을 나려감어라.
난 사자처럼 엉크린 머리를 고루련다.
우리들의 사랑은 한낱 벙어리였다.
성(聖)스런 촛대에 열(熱)한 불이 꺼지기 전(前)
순(順)아 너는 앞문으로 내달려라.
어둠과 바람이 우리창(窓)에 부닥치기 전(前)
나는 영원(永遠)한 사랑을 안은 채
뒷문으로 멀리 사라지련다.
이제 네게는 삼림(森林)속의 아늑한 호수(湖水)가 있고
내게는 험준한 산맥(山脈)이 있다.

五
日

돌담에 속삭이는 햇발

김영랑

돌담에 속삭이는 햇발같이
풀 아래 웃음짓는 샘물같이
내 마음 고요히 고운 봄 길 위에
오늘 하루 하늘을 우러르고 싶다

새악시 볼에 떠오는 부끄럼같이
시의 가슴 살포시 젖는 물결같이
보드레한 에머랄드 얇게 흐르는
실비단 하늘을 바라보고 싶다.

산골물

윤동주

괴로운 사람아 괴로운 사람아
옷자락 물결 속에서도
가슴 속 깊이 돌돌 샘물이 흘러
이 밤을 더불어 말할 이 없도다.
거리의 소음과 노래 부를 수 없도다.
그신듯이 냇가에 앉았으니
사랑과 일을 거리에 맡기고
가만히 가만히
바다로 가자,
바다로 가자.

1914 145   Park

Klee

꿈밭에 봄 마음

김영랑

구비진 돌담을 돌아서 돌아서
달이 흐른다 놀이 흐른다
하이얀 그림자
은실을 즈르르 몰아서
꿈밭에 봄마음 가고 가고 또 간다

꽃그늘 아래선
생판 남인 사람
아무도 없네

花の陰赤の他人はなかりけり

고바야시 잇사

그 노래

장정심

시보다 더 고운 노래
꽃보다 더 고운 노래
물결이 헤어지듯이
가만한 노래가 듣고 싶소

들도록 더 듣고 싶은 그 노래
이제는 도무지 들을 수 없으니
어디로 가면은 들여 주려오
맑고도 곱고도 다정한 그 노래

병상에 와서도 위로해 주고
고적할 그때도 불러 주고
분주한 그 날에 도와주든
고상하고 다정한 그 노래

침묵의 벗 노래의 벗
그보다 미소의 벗이여
봄에 오려오 가을에 오려오
꿈에라도 그 노래 다시 들려주시오

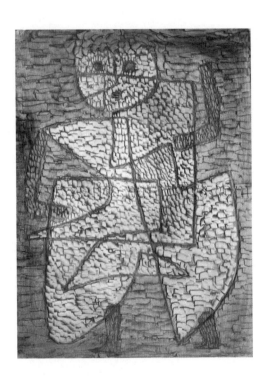

소리 나지 않으면
그것으로 작별인가
고양이 사랑

声立てぬ時がわかれぞ猫の恋

가가노 지요니

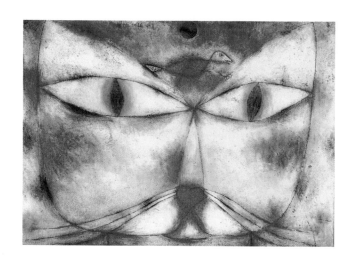

돌팔매

온종일 바닷가에 나와
걸으며 思索(사색)하며 바다를 바라보아도
내 마음 풀 길 없으매
드디어 나는 돌 한 개 집어
물 위에 핑 던졌다.

바다는 輪(윤)을 그린다.

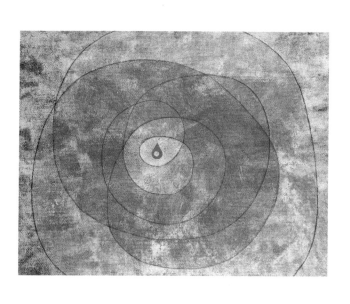

공상

윤동주

공상—
내 마음의 탑
나는 말없이 이 탑을 쌓고 있다.
명예와 허영의 천공에다
무너질 줄도 모르고
한 층 두 층 높이 쌓는다.

무한한 나의 공상——
그것은 내 마음의 바다
나는 두 팔을 펼쳐서
나의 바다에서
자유로이 헤엄친다.
황금 지욕(知慾)의 수평선을 향하여.

봄은 간다

김억

밤이도다
봄이도다.

밤만도 애닲은데
봄만도 생각인데

날은 빠르다
봄은 간다

깊은 생각은 아득이는데
저 바람에 새가 슬피운다

검은 내 떠돈다
종소리 빗긴다

말도 없는 밤의 설움
소리 없는 봄의 가슴

꽃은 떨어진다
님은 탄식한다.

인쇄물 위에
문진 눌러놓은 가게
봄바람 불고

十五日

絵草紙に鎮おく店や春の風

다카이 기토

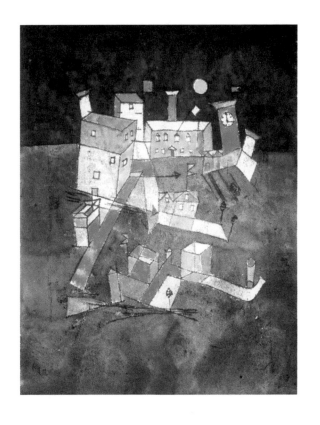

양지쪽

윤동주

저쪽으로 황토 실은 이 땅 봄바람이
호인(胡人)의 물레바퀴처럼 돌아 지나고
아롱진 사월 태양의 손길이
벽을 등진 섧은 가슴마다 올올이 만진다.
지도째기 놀음에 뉘 땅인 줄 모르는 애 둘이
한 뼘 손가락이 짧음을 한함이여
아서라! 가뜩이나 엷은 평화가
깨어질까 근심스럽다.

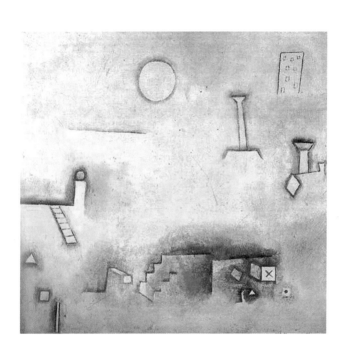

고양이의 꿈

이장희

시내 위에 돌다리
다리 아래 버드나무
봄 안개 내리인 시냇가에 푸른 고양이
곱다랗게 단장하고 빗겨 있오 울고 있오.
기름진 꼬리를 쳐들고
밝은 애달픈 노래를 부르지요.
푸른 고양이는 물오른 버드나무에 스르를
올라가
버들가지를 안고 버들가지를 흔들며
또 목놓아 웁니다 노래를 부릅니다.

멀리서 검은 그림자가 움직이고
칼날이 은같이 번쩍이더니
푸른 고양이도 볼 수 없고
꽃다운 소리도 들을 수 없고
그저 쓸쓸한 모래 위에 선혈이 흘러 있소.

울적

처음 피워본 담배맛은
아침까지 목 안에서 간질간질 타.

어젯밤에 하도 울적하기에
가만히 한 대 피워 보았더니

해바라기씨

해바라기 씨를 심자.
담모통이 참새 눈 숨기고
해바라기 씨를 심자.

누나가 손으로 다지고 나면
바둑이가 앞발로 다지고
괭이가 꼬리로 다진다.

우리가 눈감고 한밤 자고 나면
이실이 나려와 가치 자고 가고,

우리가 이웃에 간 동안에
해ㅅ빛이 입마추고 가고,

해바라기는 첫시약시 인데
사흘이 지나도 부끄러워
고개를 아니 든다.

가만히 엿보러 왔다가
소리를 깩! 지르고 간놈이 ——
오오, 사철나무 잎에 숨은
청개고리 고놈 이다.

위로(慰勞)

윤동주

거미란 놈이 흉한 심보로 병원(病院) 뒤뜰 난간과 꽃밭 사이
사람발이 잘 닿지 않는 곳에 그물을 쳐 놓았다. 옥외(屋外)
요양(療養)을 받는 젊은 사나이가 누워서 치어다 보기 바르게―

나비가 한 마리 꽃밭에 날아 들다 그물에 걸리었다. 노―란
날개를 파득거려도 파득거려도 나비는 자꾸 감기우기만 한다.
거미가 쏜살같이 가더니 끝없는 끝없는 실을 뽑아 나비의 온몸을
감아 버린다. 사나이는 긴 한숨을 쉬었다.

나이보담 무수한 고생끝에 때를 잃고 병(病)을 얻은 이 사나이를
위로(慰勞)할 말이― 거미줄을 헝클어버리는 것밖에 위로(慰勞)의
말이 없었다.

1938 H 4   eine schwärmende

오줌싸개 지도

윤동주

빨랫줄에 걸어 논
요에다 그린 지도는
지난밤에 내 동생
오줌싸서 그린 지도
꿈에 가본 엄마 계신
별나라 지돈가

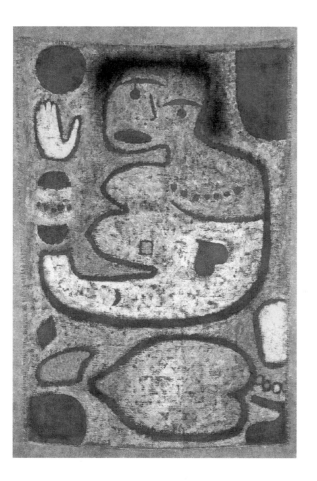

애기의 새벽

윤동주

우리집에는
닭도 없단다.
다만
애기가 젖달라 울어서
새벽이 된다.

우리집에는
시계도 없단다.
다만
애기가 젖달라 보채어
새벽이 된다.

형제(兄弟)별

방정환

날 저무는 하늘에
별이 삼형제
반짝반짝
정답게 지내더니,
웬일인지 별 하나
보이지 않고,
남은 별이 둘이서
눈물 흘린다.

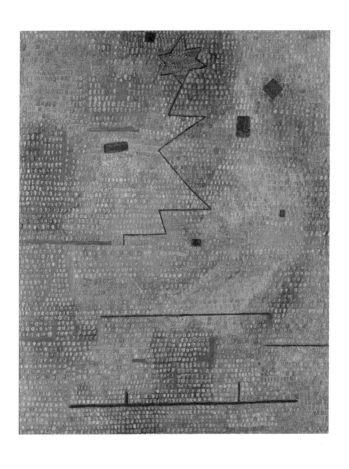

도요새

물가에 노는
한 쌍 도요새.

너
어느 나라에서 날아왔니?

너의 方言(방언)을 내 알 수 없고
내 말 너 또한 모르리!

물가에 노는
한 쌍 도요새.

너 작은 나래가
푸른 鄕愁(향수)에 젖었구나.

물 마시고는
하늘을 왜 처다보니?

물가에 노는
한 쌍 도요새.

이 모래밭에서
물 마시고 사랑하다가

물결이 치면
포트럭 저 모래밭으로.

두 사람의 생
그 사이에 피어난
벚꽃이어라

命二つの中に生きたる桜哉

마쓰오 바쇼

꽃이 먼저 알아

二
十
六
日

옛 집을 떠나서 다른 시골의 봄을 만났습니다.
꿈은 이따금 봄바람을 따라서 아득한 옛터이 이릅니다.
지팡이는 푸르고 푸른 풀빛에 묻혀서, 그림자와 서로
다릅니다.

길가에서 이름도 모르는 꽃을 보고서,
행여 근심을 잊을까 하고 앉아 보았습니다.
꽃송이에는 아침 이슬이 아직 마르지 아니한가 하였더니,
아아, 나의 눈물이 떨어진 줄이야 꽃이 먼저 알았습니다.

봄 2

윤동주

우리 애기는
아래 발추에서 코올코올

고양이는
부뚜막에서 가릉가릉

애기 바람이
나뭇가지에 소올소올

아저씨 햇님이
하늘 한가운데서 째앵째앵

1938 A15 Magdalena vor der Bekehrung

새 봄

조명희

볕발이 따스거늘
양지(陽地)쪽 마루 끝에
나어린 처녀(處女) 세음으로
두 다리 쭉 뻗고 걸터앉아
생각에 끄을리어 조을던 마음이
얄궂게도 쪼이는 볕발에 갑자기 놀라
행여나 봄인가 하고
반가운 듯 두려운 듯.

그럴 때에 좋을세라고
낙숫물 소리는 새 봄에 장단 같고,
녹다 남은 지붕 마루터기 눈이
땅의 마음을 녹여 내리는 듯,
다정(多情)도 하이 저 하늘빛이여
다시금 웃는 듯 어리운 듯,
"아아, 과연 봄이로구나!" 생각하올 제
이 가슴은 봄을 안고 갈 곳 몰라라.

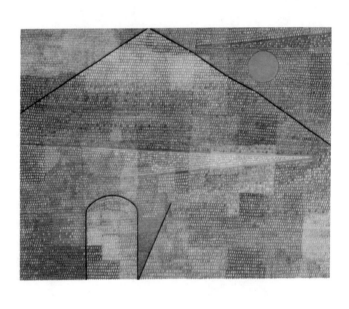

달밤

윤곤강

담을 끼고 돌아가면
하늘엔 하이얀 달

그림자 같은 초가 들창엔
감빛 등불이 켜지고

밤안개 속 버드나무 수풀
멀리 빛나는 둠벙

어디선지 염소 우는 소리
또, 물 흘러가는 소리…

달빛은 나의 두 어깨 위에
물처럼 여울이 흘렀다

저녁

버들 가지에 내 끼이고,
물 위에 나르는 제비는
어느덧 그림자를 감추었다.

그윽히 빛나는 냇물은
가는 풀을 흔들며 흐르고 있다.
무엇인지 모르는 말 중얼거리며 흐르고 있다.

누군지 다리 위에 망연히 섰다.
검은 그 양자 그리웁고나.
그도 나같이 이 저녁을 쓸쓸히 지내는가.

Poets
Painter
Pictures

시인 소개

윤동주

尹東柱. 1917~1945. 일제강점기의 저항(항일)시인이자 독립운동가. 아명은 해환(海煥). 해처럼 빛나라는 뜻이다. 동생인 윤일주의 아명은 달환(達煥)이다. 갓난아기 때 세상을 떠난 동생은 '별환'이다.

윤동주는 만주 북간도의 명동촌에서 태어났으며, 기독교인인 할아버지의 영향을 받았다. 1931년(14세)에 명동소학교를 졸업하고, 한때 중국인 관립학교인 대랍자 학교를 다니다 가족이 용정으로 이사하자 용정에 있는 은진중학교에 입학하였다. 1935년에 평양의 숭실중학교로 전학하였으나, 학교에 신사참배 문제가 발생하여 폐쇄당하고 말았다. 다시 용정에 있는 광명학원의 중학부로 편입하여 거기서 졸업하였다.

1941년에는 서울의 연희전문학교 문과를 졸업하고, 일본으로 건너가 도쿄에 있는 릿쿄 대학 영문과에 입학하였다가, 다시 1942년, 도시샤대학 영문과로 옮겼다. 학업 도중 귀향하려던 시점에 항일운동을 했다는 혐의로 일본 경찰에 체포되어(1943. 7), 2년형을 선고받고 후쿠오카 형무소에서 복역하였다. 그러나 복역 중 건강이 악화되어 1945년 2월에 생을 마감하고 말았다. 유해는 그의 고향 용정에 묻혔다. 한편, 그의 죽음에 관해서는 옥중에서 정체를 알 수 없는 주사를 정기적으로 맞은 결과이며, 이는 일제의 생체실험의 일환이었다는 주장도 제기되고 있다.

15세 때부터 시를 쓰기 시작하여 첫 작품으로 〈삶과 죽음〉, 〈초한대〉를 썼다. 발표 작품으로는 만주의 연길에서 발간된 《가톨릭 소년》지에 실린 동시 〈병아리〉(1936. 11), 〈빗자루〉(1936. 12), 〈오줌싸개 지도〉(1937. 1), 〈무얼 먹구사나〉(1937. 3), 〈거짓부리〉(1937. 10) 등이 있다. 연희전문학교에 다닐 때에는 《조선일보》에 발표한 산문 〈달을 쏘다〉, 교지 《문우》지에 게재된 〈자화상〉, 〈새로운 길〉이 있다. 그리고 그의 유작인 〈쉽게 쓰여진 시〉가 사후에 《경향신문》에 게재되기도 하였다(1946).

그의 절정기에 쓰인 작품들을 1941년 연희전문학교를 졸업하던 해에 《하늘과 바람과 별과 시》라는 제목으로 발간하려 하였으나 뜻을 이루지 못하였다. 그의 자필 유작 3부와 다른 작품들을 모아 친구 정병욱과 동생 윤일주가, 사후에 그의 뜻대로 1948년, 《하늘과 바람과 별과 시》라는 제목으로 출간했다.

정지용

鄭芝溶. 1902~1950. 대한민국의 대표적 서정 시인이다. 정지용은 섬세하고 독특한 언어를 구사하며, 생생하고 선명한 대상 묘사에 특유의 빛을 발하는 시인이다. 한국현대시의 신경지를 열었다는 평가를 받고 있으며, 이상을 비롯하여 조지훈, 박목월 등과 같은 청록파 시인들을 등장시키기도 했다. 그는 휘문고보 재학 시절 〈서광〉 창간호에 소설 〈삼인〉을 발표하였으며, 일본 유학시절에는 대표작이 된 〈향수〉를 썼다. 1930년에 시문학 동인으로 본격적인 문단활동을 했고, 구인회를 결성하고, 문장지의 추천위원으로도 활동했다. 해방 이후에는 《경향신문》의 주간으로 일하며 대학에도 출강했는데, 이화여대에서는 라틴어와 한국어를, 서울대에서는 시경을 강의했다. 1950년 한국전쟁이 일어난 뒤에는 김기림. 박영희 등과 함께 서대문형무소에 수용되었다가, 이후 납북되었다가 사망하였다. 사망 장소와 시기는 정확히 확인되지 않는데, 1953년 평양에서 사망했다고 알려져 있다. 주요 저서로는 《정지용 시집》《백록담》《지용문학독본》등이 있다. 그의 고향 충북 옥천에서는 매년 5월에 지용제를 개최하고 있으며, 1989년부터는 시와 시학사에서 정지용문학상을 제정하여 매년 시상하고 있다.

김소월

金素月. 1902~1934. 일제 강점기의 시인. 본명은 김정식(金廷湜)이지만, 호인 소월(素月)로 더 널리 알려져 있다. 본관은 공주(公州)이며 1934년 12월 24일 평안북도 곽산 자택에서 33세 나이에 음독자살했다. 그는 서구 문학이 범람하던 시대에 민족 고유의 정서를 노래한 시인이라고 평가받고 서정적인 시로 오늘날까지도 많은 사랑을 받고 있다. 〈진달래꽃〉〈금잔디〉〈엄마야 누나야〉〈산유화〉외 많은 명시를 남겼다. 한 평론가는 "그 왕성한 창작적 의욕과 그 작품의 전통적 가치를 고려해 볼 때, 1920년대에 있어서 천재라는 이름으로 불릴 수 있는 거의 유일한 시인이었음을 알 수 있다"고 평가했다.

김영랑

金永郎. 1903~1950. 시인. 본관은 김해(金海). 본명은 김윤식(金允植). 영랑은 아호인데 《시문학(詩文學)》에 작품을 발표하면서부터 사용하기 시작하였다. 전라남도 강진 출신. 1915년 강진보통학교를 졸업한 뒤 혼인하였으나 1년 반 만에 부인과 사별하였다. 초기 시는 1935년 박용철에 의하여 발간된 《영랑시집》 초판의 수록시편들이 해당되는데, 여기서는 자연에 대한 깊은 애정이나 인생태도에 있어서의 역정(逆情)·회의 같은 것은 찾아볼 수 없다. '슬픔'이나 '눈물'의 용어가 수없이 반복되면서 그 비애의식은 영탄이나 감상에 기울지 않고, '마음'의 내부로 향해져 정감의 극치를 이루고 있다. 요컨대, 그의 초기 시는 같은 시문학동인인 정지용 시의 감각적 기교와 더불어 그 시대 한국 순수시의 극치를 보여주고 있다. 그러나 1940년을 전후하여 민족항일기 말기에 발표된 〈거문고〉〈독(毒)을 차고〉〈망각(忘却)〉〈묘비명(墓碑銘)〉등 일련의 후기 시에서는 그 형태적인 변모와 함께 인생에 대한 깊은 회의와 '죽음'의 의식이 나타나 있다.

장정심

張貞心. 1898~1947. 시인. 개성 출생. 호수돈여자고등보통학교를 마치고 서울로 와서

이화학당유치사범과와 협성여자신학교를 졸업하고 감리교여자사업부 전도사업에 종사하였다. 1927년경부터 시작을 하여 많은 작품을 신문과 잡지에 발표했다. 기독교계에서 운영하는 잡지 《청년(靑年)》에 발표하면서부터 등단했다. 1933년 한성도서주식회사에서 간행한 《주(主)의 승리(勝利)》는 그의 첫 시집으로 신앙생활을 주제로 하여 쓴 단장(短章)으로 엮었다. 1934년 경천애인사(敬天愛人社)에서 출간된 제2시집 《금선(琴線)》은 서정시, 시조, 동시 등으로 구분하여 200수 가까운 많은 작품을 수록하고 있다. 독실한 신앙심을 바탕으로 한 맑고 고운 서정성의 종교 시를 씀으로써 선구자적 소임을 다한 여류시인으로 높이 평가되고 있다.

오일도

吳一島. 1901~1946. 시인. 본명 오희병(吳熙秉). 경상북도 영양군 영양읍 감천리(甘泉里) 출생. 작품활동보다는 순수 시 전문잡지 《시원》을 창간하여 한국 현대시의 발전에 기여하였다는 점에서 더 중요한 의미를 지닌 시인이다. 1918년 영양보통학교를 졸업하고 경성제일고등보통학교에 입학하였다. 1922년 일본 동경으로 건너가 1929년 리교대학에서 철학을 공부하고 졸업하고 귀국하였다. 1935년 2월 시 전문잡지 《시원(詩苑)》을 창간하였으나 1935년 12월 5호로 중단되었다. 1936년 《을해명시선(乙亥名詩選)》을 출판하였고 1938년 조지훈(趙芝薰)의 형 조동진(趙東振)의 유고시집 《세림시집》을 출판하였다. 1942년 낙향하여 수필 《과정기(瓜亭記)》를 집필하였다. 낭만주의에 기반한 그의 시는 자연스러운 감정을 자유롭게 표현하고 있다.

이장희

李章熙. 1900~1929. 시인. 본관은 인천(仁川). 본명은 이양희(李樑熙), 아호는 고월(古月). 대구 출신. 1920년에 이장희(李樟熙)로 개명하였으나 필명으로 장희(章熙)를 사용한 것이 본명처럼 되었다. 문단의 교우 관계는 양주동(梁柱東)·유엽(柳葉)·김영진(金永鎭)·오상순(吳相淳)·백기만(白基萬)·이상화(李相和) 등 극히 제한되어 있었다. 세속적인 것을 싫어하여 고독하게 살다가 1929년 11월 대구 자택에서 음독, 자살하였다. 이장희의 전 시편에 나타난 시적 특색은 섬세한 감각과 시각적 이미지, 그리고 계절의 변화에 따른 시적 소재의 선택에 있다. 대표작 〈봄은 고양이로다〉는 다분히 보들레르와 같은 발상법을 바탕으로 하고 있는데 '고양이'라는 한 사물이 예리한 감각으로 조형되어 생생한 감각미를 보이고 있다. 이 시는 작자의 순수지각(純粹知覺)에서 포착된 대상인 고양이를 통해서 봄이 주는 감각을 집약적으로 표현하고 있다. 1920년대 초반의 시단은 퇴폐주의·낭만주의·자연주의·상징주의 등 서구 문예사조에 온통 휩싸여 퇴폐성이나 감상성이 지나치게 노출되어 있었음에도 불구하고, 그의 시는 섬세한 감각과 이미지의 조형성을 보여주고 있다. 바로 뒤를 이어 활동한 정지용(鄭芝溶)과 함께 한국시사에서 새로운 시적 경지를 개척하였다.

윤곤강

尹崑崗. 1911~1949. 시인. 충청남도 서산 출생. 본명은 붕원(朋遠). 1933년 일본 센슈 대학을 졸업했으며, 1934년 《시학》 동인의 한 사람으로 문단에 등장했다. 초기에는 카프(KAPF: 조선프롤레타리아예술동맹)파의 한 사람으로 시를 썼으나 곧 암흑과 불안, 절망을 노래하는 퇴폐적 시풍을 띠게 되었고 풍자적인 시를 썼다. 그러나 해방 후에는 전통적 정서에 대한 애착과 탐구를 시에 표현했다. 동인지 《시학》을 주재했으며, 그 밖의 시집으로 《빙하》, 《동물시집》, 《살어리》 등이 있고, 시론집으로 《시와 진실》이 있다.

한용운

韓龍雲. 1879~1944. 일제 강점기의 시인, 승려, 독립운동가. 본관은 청주. 호는 만해(萬海)이다. 불교를 통해 혁신을 주장하며 언론 및 교육 활동을 했다. 그는 작품에서 퇴폐적인 서정성을 배격하였으며 조선의 독립 또는 자연을 부처에 빗대어 '님'으로 형상화했으며, 고도의 은유법을 구사했다. 1918년 《유심》에 시를 발표하였고, 1926년 〈님의 침묵〉 등의 시를 발표하였다. 〈님의 침묵〉에서는 기존의 시와, 시조의 형식을 깬 산문시 형태로 시를 썼다. 소설가로도 활동하여 1930년대부터는 장편소설 《흑풍(黑風)》 《철혈미인(鐵血美人)》 《후회》 《박명(薄命)》 단편소설 《죽음》 등을 비롯한 몇 편의 장편, 단편 소설들을 발표하였다. 1931년 김법린 등과 청년승려비밀결사체인 만당(卍黨)을 조직하고 당수로 취임했다. 한용운은 교우관계에 있어서도 좋고 싫음이 분명하여, 친일로 변절한 시인들에 대해서는 막말을 하는가 하면 차갑게 모른 체했다고 한다.

방정환

方定煥. 1899~1931. 아동문학가. 어린이운동의 창시자이자 선구자. 호는 소파(小波). 서울 출신. 아동을 '어린이'라는 용어로 격상시키고, 아동문제연구단체인 색동회를 조직했으며, 1922년 5월 1일 처음으로 '어린이의 날'을 제정하고, 1923년 3월 우리나라 최초의 순수 아동잡지 《어린이》를 창간하였다. 이 잡지는 월간으로서 일본 동경에서 편집하고 서울개벽사(開闢社)에서 발행을 대행하였다. 같은 해 5월 1일에 '어린이날' 기념식을 거행하고 '어린이날의 약속'이라는 전단 12만 장을 배포하였다. 유교관에 얽매어 있던 어린이들을 어린이다운 감성으로 해방시키고자 하였으며, 이러한 감성은 시대 상황과 결부되어 시로 나타났다. 생전에 발간한 책은 《사랑의 선물》이 있고, 그밖에 사후에 발간된 《소파전집》(1940), 《소파동화독본》(1947), 《방정환아동문학독본》(1962), 《칠질단의 비밀》(1962), 《동생을 찾으러》(1962), 《소파아동문학전집》(1974) 등이 있다.

김억

金億. 1895~미상. 1910년대 후반 낭만주의 성향의 《폐허》와 《창조》 동인으로 활동했으며, 《창조》 《폐허》 《영대》 《개벽》 《조선문단》 《동아일보》 《조선일보》 등에 시·역시(譯詩)·평론·수필 등 많은 작품을 발표하였다. 한편, 에스페란토의 연구에서도 선편(先鞭)을 잡고 그 보급을 위하여 강습소를 열기도 하였으며, 《개벽》에 〈에스페란토 자습실〉을 연재하여, 뒤에 간행된 《에스페란토 단기강좌(Esperanto Kurso Ramida)》는 한국어로 된 최초의 에스페란토 입문서가 되었다. 또한, 김소월(金素月)의 스승으로서 김소월을 민요시인으로 길러냈고, 자신도 뒤에 민요조의 시를 주로 많이 썼다. 김억은 1924년에는 동아일보 학예부 기자로 입사 당시까지 낯설었던 해외 문학 이론을 처음 소개함과 동시에 개인의 정감을 자유롭게 노래하는 한국 자유시의 지평을 개척한 인물로 평가된다.

조명희

趙明熙. 1894~1938. 조선에서 태어난 소비에트 연방의 작가이다. 조선 충청북도 진천군에서 출생하였다. 3살 때 부친을 여의고, 서당과 진천 소학교를 다녔으며, 서울 중앙고보를 중퇴하고 북경 사관학교에 입학하려다가 일경에게 붙잡혔다. 3·1 운동에 참가하여 투옥되기도 하였다. 1923년에 희곡 〈파사〉를 발표하고, 1924년에는 시집 《봄 잔디밭 위에》를 출판했다. 이 시기의 희곡이나 시는 종교적 신비주의·낭만주의의 색채가 짙었던 것으로 평가받고 있다. 1928년 소련으로 망명하여, 소련작가동맹 원동지부 지도부에서 근무했다. 하바로브스크의 한 중학교에서 일하며 동포 신문인 《선봉》과 잡지 《노력자의 조국》의 편집을 맡기도 하였다. 1937년 가을 스탈린 정부의 스탈린 숙청 시절에 '인민의 적'이란 죄명으로 체포되어 1938년 4월 15일에 사형언도를 받고 5월 11일 소비에트 연방 하바로브스크에서 총살되었다.

마쓰오 바쇼

松尾芭蕉. 1644~1694. 하이쿠의 완성자이며 하이쿠의 성인, 방랑미학의 창시자로 불린다. 마쓰오 바쇼는 에도 시대 전기에 해당하는 1644년 일본 남동부 교토 부근의 이가우에노에서 하급 무사 겸 농부의 아들로 태어났다. 본명은 마쓰오 무네후사이고, 어렸을 때 이름은 긴사쿠였다. 아버지가 일찍 세상을 뜨자 곤궁한 살림으로 인해 바쇼는 열아홉 살에 지역의 권세 있는 무사 집에 들어가 그 집 아들 요시타다를 시봉하며 지냈다. 두 살 연상인 요시타다는 하이쿠에 취미가 있어서 교토의 하이쿠 지도자 기타무라 기긴에게 사사하는 중이었다. 친동생처럼 요시타다의 총애를 받은 바쇼도 이것이 인연이 되어 하이쿠의 세계를 접하고 기긴의 가르침을 받게 되었다. 언어유희에 치우친 기존의 하이쿠에서 탈피해 문학적인 하이쿠를 갈망하던 이들이 바쇼에게서 진정한 하이쿠 시인의 모습을 발견했고, 산푸, 기카쿠, 란세쓰, 보쿠세키, 란란 등 수십 명의 뛰어난 젊은 시인들이 바쇼의 문하생으로 모임으로써 에도의 하이쿠 문단은 일대 전기를 맞이했다. 부유한 문하생들의 후원으로 문학적으로나 경제적으로나 안정된 생활도 보장되었다. 서른일곱 살에 '옹'이라는 경칭을 들을 정도로 하이쿠 지도자로서 성공적인 삶을 누렸으나 37세에 모든 지위에 머예를 내려놓고 작은 오두막에 은둔생활을 하고 방랑생활을 하다 길 위에서 생을 마감했다.

사이교

西行. 1118~1190. 헤이안 시대의 승려 시인이며 와카 작가(歌人)이다. 속명은 사토 노리키요(佐藤義清). 무사의 신분을 버리고 승려가 되어 일본을 노래했다. 사이교의 아버지는 북면무사였던 사에몬노조(左衛門尉)·사토 야스키요(佐藤康清), 어머니는 겐모쓰(監物), 미나모토노 기요쓰네(源清經)의 딸이다. 후지와라노 요리나가(藤原賴長)의 일기인 《다이키》(台記)에는 '선조 대대로 용사(勇士)'라고 적고 있다. 그의 가문은 무사 집안으로 사이교 역시 천황이 거처하는 곳(황거)의 북면을 호위하는 무사였다. 하지만 그는 1140년에 돌연 출가하여 불법 수행과 더불어 일본의 전통 시가인 와카 수련에 힘썼다. 각지를 돌아다니며 많은 와카를 남겼는데, 《신고금와카집(新古今和歌集)》에는 그의 작품 94편이 실려 있다. 와카(和歌)와 고시쓰(故実)에 능통하였던 사이교는 스토쿠 천황의 와카 상대를 맡기도 했으나, 호엔 6년(1140년) 23세로 출가해 엔기(円位)라 이름하였다가 뒤에 사이교(西行)로도 칭하였다. 승려로 은둔하게 된 뒤 사이교는 구라마 산 등, 히가시야마와 사가 근교에 초막을 짓고 살며 전에 일한 적 있는 다이켄몬인의 뇨보들과도 교류하였고, 요시노와 구마노, 무쓰, 사누키 등 일본 곳곳을 돌며 불도를 수행하거나 우타마쿠라(歌枕)를 찾기도 하고, 때로 와카를 지었다.

료칸

良寛. 1758~1831. 에도 시대의 승려이자 시인. 무욕의 화신, 거지 성자로 불리는 일본의 시승이다. 시승이란 문학에 밝아, 특히 시 창작에서 뛰어난 역량을 발휘한 불교 승려를 지칭하는 말이다.

"다섯 줌의 식량만 있으면 그것으로 족하다"라는 말이 뜻하듯 인간이 보여줄 수 있는 무욕과 무소유의 최고 경지를 몸으로 실천하며 살았다. 료칸은 살아가는 방도로 탁발, 곧 걸식유행(乞食遊行)을 한 것으로 유명하다. 오늘날 일본 곳곳에 세워진 그의 동상 역시 대개 탁발을 하는 형상이다. 료칸은 떠돌이 생활을 하면서도 시를 써가며 내면의 행복을 유지하며 청빈을 실천했고, 그의 철학관은 시에 그대로 담겨 있다.

고바야시 잇사

小林一茶. 1763~1828. 고바야시 잇사는 일본 에도 시대에 활약했던 하이카이시(俳諧師,

일본 고유의 시 형식인 하이카이, 즉 유머러스한 내용의 시를 짓던 사람)이다. 본명은 고바야시 미타로(小林弥太郎), 배호(俳号)를 잇사(一茶)라 하였다. 열다섯 살에 고향 시나노를 떠나 에도로 향해 유랑 길에 올랐다. 그 과정에서 소바야시 지쿠아로부터 하이쿠 등의 하이 카이를 배웠다. 잇사가 서른아홉이 되었을 때 아버지가 돌아가신 뒤, 계모와 유산을 놓 고 다투는 등 어려서부터 역경을 겪은 탓에 속어와 방언을 섞어 생활감정을 표현한 구 절을 많이 남겼다.

가가노 지요니

加賀千代尼. 1703~1775. 여성 시인. 원래 이름은 '지요조(千代女)'이나 불교에 귀의했기 때문에 '지요니'라고 불리는 그녀는 일본인들에게 다음 페이지의 나팔꽃 하이쿠로 친숙 하다. 바쇼의 제자 시코가 어린 지요니의 재능을 발견하고 문단에 소개함으로써 이름이 알려졌다.

다카이 기토

高井几董. 1741~1789. 30세 때 요사 부손에 입문했다. 입문 초기부터 두각을 나타내 부 손을 보좌하여 일가를 묶어 냈다. 1779년에는 부손과 둘이서 오사카 · 셋츠 · 하리마 · 세 토 우치 방면으로 음행의 여행에 나섰다. 온후한 성격으로 부손의 제자 모두와 친교를 가졌다. 부손 모음집을 편집하는 등 하이쿠의 중흥에 진력했다.

아리와라노 나리히라

在原業平. 825~880. 헤이안 시대의 귀족. 시인. 아리와라노 나리히라는 825년 헤이제이 천황의 첫째 황자인 아보 친왕과 간무 천황의 딸인 이토 내친왕 사이의 다섯째 아들로 태 어났다. 따라서 나리히라는 헤이제이 천황의 손자이자 간무 천황의 손자이기 때문에 천 황 가문의 적통이었다. 그러나 구스코의 난에서 헤이제이 천황 세력이 패하면서 그의 후 손들은 황위 계승과 멀어지고 황통은 사가 천황의 후손에게 이어졌다. 826년 사가 천황 은 헤이제이 천황의 후손들에게 아리와라노아소미(在原朝臣)라는 성을 내려 황족이었 으나 신민의 신분으로 강하시켰다. 《삼대실록(三代實錄)》에 의하면 아리와라노 나리히 라는 수려한 외모와 자유분방하고 정열적인 삶을 살며, 당시 관료에게 필요한 한문학보 다는 사적인 연애 감정 등을 읊는 와카(和歌)에 뛰어난 인물이었다고 한다. 《고금와카집 (古今和歌集)》에 그가 읊은 와카 30수가 실려 있고, 이 작품의 가나(假名, 일본 고유의 글자) 로 된 서문에는 그의 정열적 가풍에 대한 평이 실려 있다. 와카 명인으로서 6가선, 36가 선 중 한 사람인 그는 설화집 《이세 모노가타리(伊勢物語)》의 주인공과 동일시되는 인물 이기도 하다.

파울 클레

Paul Klee. 1879~1940. 독일 화가. 현대 추상회화의
시조. 베른 근처 뮌헨부흐제 출생. 어려서부터 회화와
음악에 뛰어난 재능을 보였으며 바이올린 연주에 뛰
어났다. 21세에 회화를 선택한 후에도 W. R.바그너와
R.슈트라우스, W. A.모차르트의 곡들에 심취하여 그
들로부터 많은 영향을 받았다. 1898~1901년 독일의 뮌헨에서 세기 말의 화가 F. 슈투크
에게 사사하기도 하였다. 1911년 칸딘스키, F. 마르크, A. 마케와 사귀고, 이듬해 1912년
의 '청기사' 제2회전에 참가하였으나 1914년 튀니스여행을 계기로 색채에 눈을 떠 새로
운 창조세계로 들어갔다.

청기사파, 바우하우스 등과 관계를 맺었으나 독자적인 노선을 걸었기 때문에 특정 미술
사조로 분류하기는 어렵다. 1921년 바이마르의 바우하우스 교수가 되었고, 후에 뒤셀
도르프 미술학 교수가 되어 1933년까지 독일에 머물렀으나 독일에서는 나치스에 의한
예술탄압이 한창 진행되던 시기였다. 급진적인 정치 성향을 가진 클레는 나치가 정권을
잡은 후 바우하우스의 교수직을 박탈당했고, 100여 점 이상의 작품을 몰수당했다. 그러
자 독일에 환멸을 느끼고 스위스로 돌아갔다.

그의 작품은 구상적인 미술양식과 추상적인 미술양식 모두를 따르고 있기 때문에, 어느
특정 미술 사조에 속한다고 단정지을 수 없다. 클레는 작품에서 엄격한 입방체와 점묘
법, 그리고 자유로운 드로잉을 실험했으며, 그가 접했던 모든 미술 사조의 가능성을 탐
색했다. 1914년에 그는 동료 화가들인 루이 무아에와 아우구스트 마케와 함께 아프리카
튀니지로 여행을 떠났다. 클레는 여행 중에 느낀 감상을 "색채와 나는 하나가 되었다.
나는 화가다."라고 표현했다. 클레는 일찍부터 음악에 관심이 있었는데, 이는 그의 미술
작품의 형식에 영향을 주었다. 그는 《빨강의 푸가》(1921)와 《a장조 풍경》(1930) 같은 많
은 작품들을 음악적인 구조로 정돈했는데, 마치 악보 위에 음표들을 배열하듯이 색채들
을 정확히 배열했다.

저술에는 바우하우스에서 강의한 내용을 모은 《조형사고(造形思考, Das bildnerische
Denken)》(1956) 《일기(Tagebücher)》(1957)가 있다. 작품수장집은 스위스의 베른미술관
내 클레재단에 약 3,000점이 소장되어 있다. 대표작으로는 《새의 섬》《항구》《정원 속의
인물》《죽음과 불》등이다.

0-1
Garden figure 1940

0-2
A woman for gods 1938

1
Park bei lu 1938

2
Botanical theater 1924

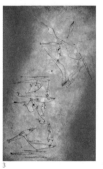

3
Fish image 1925

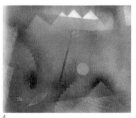

4
Bird wandering off 1921

5
Siblings 1930

6
Hammamet with mosque 1914

7
Park 1920

8
Dream city 1921

9
Heroic roses 1938

10-1
Hesitation 1906

10-2
The future man 1933

10-3
Southern tunisian gardens 1919

11
Cat and bird 1928

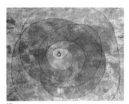

12
At the core 1935

13
Senecio 1922

14
Full moon 1919

15-1
Part of G 1927

15-2
The chapel 1917

15-3
A gate 1938

16
Reconstructing 1926

17
Fruits on red 1930

18
A young ladys adventure 1921

19
Southern gardens 1921

20-1
Gauze 1940

20-2
A swarming 1938

20-3
Remembrance of a garden 1914

21
Love song by the new moon 1939

22
Landscape with yellow birds 1923

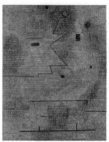

23
Rising star 1923

24-1
Blue bird pumpkin 1939

24-2
Evening shows 1935

25
Child and aunt 1940

26
Sparse foliage 1934

27
Magdalena before the conversion 1938

28-1
WI(In Memoriam) 1938

28-2
To the parnassus 1932

28-3
View towards the port of hammamet
1914

29
Villa R 1919

30
Likeness in the bower 1930

열두 개의 달 시화집
四月.
산에는 꽃이 피네

초판 1쇄 발행 2018년 5월 15일
　　3쇄 발행 2021년 12월 23일

지은이 윤동주 외 18명
그린이 파울 클레
발행인 정수동
발행처 저녁달

출판등록 2017년 1월 17일 제406-2017-000009호
주소 경기도 파주시 문발로 142, 쌈지빌딩 304호
전화 02-599-0625
팩스 02-6442-4625
이메일 moon5990625@gmail.com
인스타그램 instagram.com/moon5990625
ISBN 979-11-963243-3-9　02810

값 9,800원